# ARLEQUIN AUX TUILLERIES

QUATRE SATIRES,

AVEC

Le Prologue, l'Epilogue, & plusieurs Epigrammes.

*Le prix est de huit sols.*

A PARIS,

Chez MARTIN ET GEORGE JOUVENEL, ruë de la vieille Bouclerie, au bout du Pont S. Michel, à saint Augustin.

M. DCC.

*AVEC PERMISSION.*

# PROLOGUE.

U'UNE vieille habitude est une fiere hôtesse !
Dites lui de sortir : elle fait la maîtresse.
Mettez vous en devoir de la mettre dehors ;
Elle se rit de vous, & de tous vos efforts :
Plus elle est décrépite, & moins elle vous cede.
Ce seroit, sans la mort, de ces maux sans remede.
Je le prouve. *Turpin*, aujourd'hui vieux routier,
Est encore l'effroi des maris du quartier :
Il ne peut plus marcher ; mais son amour le traîne
En vieux galerien, qu'elle tient à la chaîne.
Il faudra que Clotho l'ôte d'entre les bras
Des pudiques Iris, qui vendent leurs appas.
*Des Carreaux*, ce Joüeur, ce beau Chef de famille,
Qui perdit au pique : & sa femme & sa fille,
Sans credit, sans argent, victime de la faim,
Vient d'aller chez Pluton, les cartes à la main.
*Ricaric* aux abois, à son trésor fidele,
Fit allumer le cierge, & tuer la chandelle.

La cire qui couloit, le fit haut ſoupirer,
Et demander au Ciel, qu'il pût vîte expirer.
Dans ſes derniers momens il regla par prudence,
De ſon petit convoi la funebre dépenſe;
De quel drap ſes enfans devoient porter le deüil;
De quel bois il vouloit qu'on lui fit un cercüeil.
*Si l'on offre*, dit-il, *pour moi les Saints Myſteres,*
*N'allez pas ſottement donner ſix luminaires.*
Aprés ces mots pieux, il meurt, & ſes enfans
L'allerent enterrer joïeux & triomphans.

L'Ambitieux... Enfin, ou le vice nous quitte,
Ou vieillit avec nous, pour nous ſuivre au Cocyte,
Moi-même j'en ſuis ſûr, par la bile vaincu,
Je mourrai critiquant ainſi que j'ai vêcu.
Le maſque ſur le nez on me vit au Théâtre
Démaſquer tout Paris, en faiſant le folâtre:
Bouffon plus ſerieux, je m'en vais aujourd'hui
Rire encore aux dépens des ſottiſes d'autrui,
Et pour donner matiere à mes plaiſanteries,
Peindre en gros, en détail, toutes les Tuilleries.
Qu'on ſe ſouvienne donc de s'y promener bien;
J'irai, j'y verrai tout, & n'épargnerai rien.

# SATIRE I.

SAns invoquer ici Phebus une heure entiere,
Entrons, c'est le plus sûr, brusquement en matiere;
Et nommons ce Jardin, le charme de nos cœurs,
Le plaisir de nos yeux, l'école de nos mœurs,
Un Arche de Noé, la lice du beau monde;
Sur le soir à grands flots il s'y rend & l'inonde.
Il vient de son air pur implorer le sécours,
Contre cet air poudreux avalé dans le cours.
Alors la Vanité d'ornemens accablée
Marche en superbe pân dans la plus belle allée,
Se mire dans sa plume; attire tous les yeux
De mille spectateurs se fait mille envieux.
L'un, de tout ce qu'elle est, n'estime que l'étoffe;
L'autre voïant ses airs, devenu Philosophe,
Dit que c'est un ballon; qu'elle n'a que du vent;
Que pour orner son corps, elle jeûne souvent;
Quoique née à Paris, qu'elle a l'humeur Gasconne;

Chacun d'un mot piquant honore ſa perſonne.
Même les Maroniers s'entrediſent tout bas :
*Elle auroit nos habits, ſi l'on ne prêtoit pas :*
*Pour venger le Marchand, qui perd ce qu'il lui prête,*
*Laiſſons, quand il pleuvra, lui pleuvoir ſur la tête.*

Je les oüis un jour s'entredire en courroux :
*Quoi! Nos ombrages frais ſeront un rendez-vous,*
*Où mille honnêtes gens ſe trouvent ſans s'écrire.*
*Pour* .... Je n'oüis plus rien : l'If éclata de rire,
Voïant la Médiſance, aſſiſe ſur les bancs,
Mordre de loin ſa ſœur, qui couroit par les rangs.

Il en faut convenir. Chacun s'y déſaprouve :
Chaque ſexe en ſon ſexe, ou l'un en l'autre trouve
Toûjours certains défauts, qui ſervent d'entretien:
Sans ce triſte ſecours l'on ne s'y diroit rien.
Ce n'eſt pas tout encor. L'affreuſe Calomnie
Y court le noir en main, ainſi qu'une Furie.
Sauve qui peut. D'un ſage elle fait faire un ſot,
D'un galant homme un fat, d'un pieux un bigot;
Pour tout dire : elle y fait ſes plus cheres délices
De donner aux Vertus la teinture des vices.

Plaiſantons un moment ; c'eſt trop de ſérieux.
  De ce charmant Jardin effets prodigieux !
La Boiteuſe y guérit ; le Courbé s'y redreſſe ;
Le Boſſu comme un P, le Tortu comme une S,
A ſon heureux aſpect deviennent comme un I.
Montagnes & valons, tout s'y trouve applani.
Il eſt mille autres biens, que ces Lieux ſavent faire,
Ou plûtôt l'Amour-propre, & le deſir de plaire.
  Les viſages y ſont des chefs-d'œuvres de l'Art,
Où Nature ſouvent n'a pas la moindre part.
Trop laſſe de s'y voir toute vive enterrée,
Chez la ſimple Griſette elle s'eſt retirée.
C'eſt là que travaillant toute ſeule à loiſir,
Elle ébauche un viſage, & l'acheve à plaiſir ;
Lui donne ces avis, regle ainſi ſa toilette :
*Pour la bouche & les mains prenez de l'eau bien nette ;*
*D'un linge de leſſive eſſuïez vôtre tein ;*
*Nettoïez-vous les dents d'un bon morceau de pain ;*
*C'eſt ainſi qu'autrefois, ſans faire de dépenſe,*
*En rouge, en blanc, en poudre, en pommade, en eſſence,*

*En pâte, en opiat, en mille sortes d'eaux.*
*Les mains, les dents, le teint sentoient bon, étoient beaux.*
*Laissez à la Coquette, aux femmes de Théâtre*
*Le soin pernicieux de se couvrir de plâtre.*
*Il les rend tôt ou tard, devenu mon vengeur,*
*De belles à charmer, laides à faire peur.*
*N'aïez donc pour tout fard, qu'une pudeur honnête;*
*Et mettez-vous sur tout bien avant dans la tête,*
*Que toute la beauté ne se fait bien aimer,*
*Que lors qu'elle prend soin de se faire estimer:*
*Et que la modestie est cent fois plus piquante ...*
Le reste une autre fois. La Nature éloquente
Iroit par son sermon faire dire au Lecteur:
*Morbleu, foin du Poëte & du Predicateur.*

# SATIRE II.

Muse, que ferons-nous assis aux Tuilleries?
*Nous ferons de leurs sots quatre categories.*
Passez dans la premiere, Abbez trop damerets,
Qui d'une belle main caressez vos collets;
Qui portez une longue & poudreuse cruniere,
Et des petits chapeaux, à la folle maniere;
Qui prenez en Marquis galamment le tabac,
Qui laissez entrevoir, comme eux, vôtre estomac,
Et qui vous destinant au salut de nos ames,
Commencez par gagner les cœurs des belles femmes.
Heureux, si ces huit vers peuvent vous corriger!
Il faut dans la seconde auprés d'eux vous ranger,
Avortons de-Themis, à mine de poupée.
Vous de Robe au matin, l'aprés-dî é d'Epée;
Avez-vous jamais lû que vôtre Ciceron,
Dans les jardins de Rome, ait fait le fanfaron?
Sans doute il s'y trouvoit pour causer & pour rire,

Mais las d'étudier, de méditer, d'écrire :
Aussi ne le vit-on jamais, comme on vous voit,
Donner, en ignorant, mille soufflets au Droit.
Me préserve le Ciel de tomber sous vos pattes.

L'on ne voit guere ici nos savans Hypocrates.
Quelle en est la raison ? Toute la Faculté
Doit-elle pas haïr tous les lieux de santé ?
Elle vit de nos maux ; ils lui donnent carrosse.
Saint Côme & Galien n'aiment, que plaïe & bosse.

La troisiéme est pour vous, vous y serez placez
Petits-Maîtres nombreux... Ah, vous me menacez!
Vous avez beau crier, pour le fruit de mes veilles,
Que vous me couperez le nez & les oreilles :
Je vous dirai toûjours ; que vous n'y traînez pas
Vos bretes de vingt pieds qui déchirent mes bas ;
Que vous chassiez les vents de vos legeres têtes ;
Et ne montriez plus ici ce que vous êtes,
Par vos ris dédaigneux, par vos regards au nez,
Vos discours étourdis, vos airs effeminez,
Qui font dire, en riant, dés qu'on vous voit paraître :
*Quelle espece de foû, qu'un jeune petit Maître !*

*Considerez*, dit-on, *leurs pourpoints débraillez,*
*Leurs chapeaux à long bec, & leurs nez barboüillez;*
*Leur corps, de leur esprit mõtre au doigt le desordre.*
Mais songeons à loger ce qui nous reste à mordre,
La derniere est ouverte; entrez maigres Auteurs,
Vous qui parlez toûjours de vos petits labeurs,
Vous qui toûjours rendez, avec peu de justice,
De vôtre triste sort nôtre siecle complice.
Pressez-vous: faites place aux Precepteurs honteux,
Qui font marcher trop loin leurs Enfans devant eux:
Au pedant *de Roussy*, qui, sortant de sa Classe,
Accourt y promener sa poussiere & sa crasse:
Aux Courtauds, aux Bourgeois, qui d'un air emprunté,
Contrefont sottement nos gens de Qualité:
Aux indignes Maris, qui se croiroient infames,
Si l'on les y voïoit accompagner leurs femmes:
A *Lise* qui rougit d'être avec son mari,
Et n'y rougit jamais avec son favori:
A tous les sots discurs de plus sottes nouvelles,

Qui renversent à l'ombre & murs & citadelles,
Qui sur un banc assis, sans armes à la main,
Versent en sureté, le pauvre sang humain,
Font & défont les Rois, au gré de leur envie,
Et consument ainsi leur ridicule vie.

Muse, j'entens qu'on dit assez mal à propos :
„ Qu'on nous laisse du moins promener en repos !
„ L'on ne pourra bien-tôt plus cracher à la mode,
„ De ce Poëte foû, bilieux, incommode...
„ Qu'il aille, de ce pas, au diable promener !
J'y vai puisque ce fat daigne me l'ordonner,
*Moi, je vais regagner r[illegible] te montagne,*
*Et retrouver mes sœurs* .... oh ! je vous accompagne.
Je veux aller souper & dormir sur ce lieu.
*L'on n'y soupe jamais* ... adieu donc Muse. *Adieu*

# SATIRE III.

*AM.* Q*Ui ne riroit de voir le plus gai des Bouffons,*
*Serieux sur ce banc, en Doien des Catons?*
*Je te prenois de loin pour le huitiéme Sage.*
*Attens-tu donc ici tes amis au passage?*
*AR.* Tu m'y vois sagement examiner les sots,
Je les veux tous en vers craïonner à propos.
J'en ai fait de mon feu, l'ordinaire pâture,
Et je viens lui chercher un peu de nourriture:
Je sai que la Satire au satirique nuit,
Que maint dos Poëtique a tâté de son fruit,
Qu'un écervellé peut me casser la cervelle,
Ou d'un coup dans le corps me païer de mon zele:
Mais je mourrois joïeux, à ses pieds abattu,
En critique Cesar, qui venge la vertu.
Regnier & Juvenal, Perse, Lucile, Horace,
Satiriques heros reverez au Parnasse,

Ne pourroient, comme moi, se vanter du bonheur
D'être morts sous les coups: c'est nôtre lit d'honneur.
*Tu railles*, diras-tu, *ta folie est extrême*;
*Peut-on être à ce point ennemi de soi-même?*
Apprens, qu'un sot tracé d'un pinceau circonspect,
Loin de me bâtonner, me portera respect:
Découvrant ses défauts, je cache sa personne;
Mon interêt le veut, & ma muse l'ordonne.
Ai-je à peindre un Regent vain, leger, emporté?
Je ris de ce Rieur sous un nom emprunté,
Où j'écris L. C. suivis de deux étoiles,
Voilà son nom couvert d'impenetrables voiles.
Traçai-je un ami faux, aveugle à mes besoins,
Je pose une grande M.. ensuite trois gros points,
Dans le corps de mon vers, quelquefois à la rime
Ces grands ménagemens le laissent anonime.
Ma satire, en un mot, sait les loix du devoir:
Place-toi sur ce banc; c'est ce que tu vas voir
Je prens d'abord ce fat aux cheveux qu'il apprête
A grands frais le matin pour venir en conquête.
Le prendrai-je par là? non; il porte des coins:
Ses cheveux étrangers me resteroient aux poings.

Il rougiroit de voir sa tête dégarnie.
Laissons donc ses cheveux & leur économie.
Mais qu'il fait le beau fils ! qu'il est de lui content !
Narcisse au bord de l'eau ne s'admiroit pas tant.
Une belle, à ses pieds, contemplant un Narcisse,
Lui dit d'un ton railleur : *Que le Ciel vous benisse ;*
*Je ne saurois vous faire aucune charité ;*
*J'aime dans un amant une mâle beauté ;*
*Je ne sai quoi de fier, & qui sente son homme ;*
*Monsieur, j'ai des vapeurs : vôtre essence m'assomme :*
*Ostez-vous : revenez de vous moins amoureux,*
*Vous serez près de nous, un amant plus heureux.*
A leurs côtez toûjours les vertus ont deux vices ;
Ces rochers escarpez ont leurs deux précipices ;
On tombe en l'un ou l'autre, évitant le milieu.
Celui-là s'aime trop, & celui-ci trop peu :
Admire son chapeau follement sur l'oreille,
Sa tête sur l'épaule, en homme qui sommeille,
Tout son exterieur grotesque & dérangé :
Il croit que le bel air est cet air negligé.
Le Mortel qui le suit, n'aime plus que la pinte,
Dégouté des appas de la venale Aminte,

Il devra quelque temps ce brillant habit neuf ;
Il but mil ſept cens un en quatre-vingt dix-neuf.
Des Sergens, certain jour, ſe mirent à ſa ſuite ;
Il les voit, fond ſur eux, leur fait prendre la fuïte,
Court aprés, en tuë un, qu'il avoit attrapé :
Le reſte fuït encor, ou je ſuis bien trompé.
Tu ris de ces fuïards : ry de cette Commode,
Qui fait, ſans contredit, mieux que moi la pagode.
Ah quelle minaudiere ! à voir ſes airs coquets,
Ses nombreux ornemens & ſes vains affiquets,
Qu'on ne pourroit compter en toute une ſemaine ;
Je ne parirois pas qu'elle a la tête ſaine.
Cette Prude, au contraire, a le minois forcé,
Ses paroles, ſon ris, tout eſt trop compaſſé ;
Elle eſt belle, il eſt vrai ; mais ſi peu naturelle,
Que j'aurois moins d'amour, que de mépris pour elle.
A ſon roide maintien, il ſemble que ſes os
Tiennent tous, ſans jointure, à l'épine du dos ;
Et Deſcartes ici jureroit ſur ſa mine,
Qu'elle va par reſſorts, ainſi qu'une machine.
Regarde ces Marquis, l'un ſur l'autre plantez,

Se tenir ſous les bras, ſe preſſer les côtez :
Leurs pas ſont languiſſans, leurs manieres gentilles :
En habits de garçon ſeroit-ce point deux filles ?
Ils ſe diſent, *mon cher*, d'un ton ſi doucereux,
Que ces Abbez fleuris en raillent derriere eux.
Les prendrai-je au collet ces amis de nature,
Fideles ſectateurs d'Ovide & d'Epicure ?
Aſſez d'autres ſans moi chiffonnent leurs collets.
Ce ſont deux ſaints faiſeurs de profanes poulets.
Leur Muſe, pour le jour, toute la nuit en forge.
Laiſſons-les, & prenons, ces Dames à la gorge.
Celle-là d'un défaut ſe fait une vertu,
Tenant ce maigre en froit ſagement revêtu.
Cette autre en montre un peu, malignement modeſte,
Et nous fait ſouhaiter d'appercevoir le reſte
Celle-ci la découvre, & ſans grandes façons.
Tend, pour prendre des cœurs, deux jolis hameçons.
L'étalage public de ces globes d'ivoire,
Jette dans mon eſprit ce que je n'oſe croire.
Voici pour le confondre une auſtere beauté,
Dont la ſageſſe à tort ſe nomme cruauté.

Elle dit l'autre jour, d'un tendre amant pressée :
*Doucement : vostre vûë est trop interessée ;*
*Elle n'ostera rien à mon futur époux,*
*De ce que je lui garde avec des soins jaloux ;*
*Concevez les faveurs que vous devez pretendre.*
*Aimez plus sagement, ou sortez sans attendre ;*
L'Amant ne sortit pas. Il la voit, l'aime en sœur,
Attendant que l'Hymen l'en rende possesseur.
Pour moi j'aimerois fort une telle Inhumaine ;
Mais l'on n'en trouve pas quatorze à la douzaine.
Quoiqu'il en soit, voïons ces décontenancez,
De leurs utiles mains si fort embarassez.
Je crois certainement qu'ils n'en pourroient que faire,
S'ils n'avoient des cheveux à lancer en arriere,
Du grené, du Seville, à prendre, à presenter,
Et leurs plumes au bec, des dents à décrotter.
Tien, voi ce Fier-à bras, ses mains dans sa ceinture,
Ses coudes en avant... La comique figure !
Ce gesticulateur, pedantesque animal,
Portant son doigt au front, nous découvre son mal.
Ce petit Fanfaron, ce Noble frenetique,

Ses

Ses poings sur les côtez, semble un vase à l'antique.

Ces deux pesans vieillards ont les mains derriere eux :
Ce benêt les brandille : & ce grand songe-creux
Les tient, crainte du froid, toutes deux dans ses poches.
Pour le sexe, il seroit exempt de ces reproches,
Si l'éventail coquet, par des airs trop badins,
Ne lui donnoit aussi de ridicules mains.

Je passe jusqu'aux pieds, sans en faire scrupule,
Puis qu'ici jusques-là descend le Ridicule,
Sa burlesque malice en veut à tout le corps.
Etudier ses pas, marcher trop en dehors,
Estre vain de sa jambe, en faire son idole,
C'est prouver par ses pieds, qu'on a la tête folle,
Je laisse ces Cagneux, ces Vulcains, ces pieds plats;
Ce sont là des défauts, dont je ne raille pas :
Car s'ils s'étoient formez au gré de leurs cervelles
Leurs pieds seroient plus beaux, & leurs jambes plus belles;
Mais je raille toûjours de ces plaisans molets,
Façonez à la main, & vendus au Palais:

De ces petits talons de la chauſſure humaine ;
Qui font géant un nain, & géante une naine :
Et ſur qui l'on ne peut qu'à peine ſe tenir.
Voilà trop babiller ; il eſt temps de finir.
Levons-nous, & marchant tu me diras ſans feindre,
Si critiquant ainſi, j'ai quelque lieu de craindre.

# SATIRE IV.

E plaisir d'être aux Tuilleries,
Des premiers sous les galeries,
Dans le temps que le Ciel, qui pleut,
Semble crier : *Sauve qui peut !*
Il est peu de gens, qui n'y courent,
Et qui plaisamment ne s'y fourent.
Le jeune y vient au grand galop :
L'homme de moïen age au trot.
Le vieux, sur sa foible monture,
Gronde entre ses dents la nature,
De ce qu'il est si mal monté,
Qu'il faut fuir avec gravité.
L'homme y laisse moüiller sa femme;
Mais le galant prés de la Dame,
Fait, pour l'obliger, mille efforts:
Lui préte de son justaucorps;
De son chapeau couvre sa crete,

Tandis qu'il lui pleut sur la tête.
Se moüiller ainsi, s'enrumer,
C'est, à mon avis, trop aimer.
Les courses les plus ridicules,
Sont celles qu'on fait sur les mules ;
Cette monture, à chaque pas,
Jette presque sa femme à bas :
Quelques-unes qui vont grand erre,
Font, dans ce Jardin, un parterre ;
Le sage alors ferme les yeux ;
Cent autres sont plus curieux ;
Il n'est personne qui n'en rie.
Oh ! Voïez quelle barbarie
De se moquer du mal d'autrui !
Parbleu, qu'on m'apprenne aujourd'hui,
Pourquoi, voïant tomber son pere,
Sa sœur, sa Maîtresse, sa mere,
Enfin ce qu'on a de plus cher,
L'on ne sauroit s'en empêcher !
Sur tout s'ils ont fait dans leur chûte,
Quelque plaisante culebute ;
Sur tout s'ils ont eu plus de peur,

Qu'ils n'ont ressenti de douleur :
Il me semble que j'entends dire :
*Ce qui nous surprend nous fait rire ;*
*Ainsi leur saut non attendu*
*Fait, que l'on rit comme un perdu.*
Mais voïons courir nos Coquettes,
Aux pieds beaux, aux jambes bien faites,
Qui, pour faire voir leurs molets,
Se troussent jusques aux jarets.
D'autres même, qui de leurs jupes
Couvrent leurs précieuses hupes,
Exposant, mais plus qu'il ne faut,
Le bas pour garentir le haut.
En trotant *Ioconde* ricane.
L ** court ainsi qu'une cane,
Une main soutient son toquet,
L'autre ses habits en paquet.
Sa sœur achevant sa carriere,
Estant sans cheveux par derriere,
Ainsi que Dame Occasion,
Voit tomber son *escosion*,
Vulgairement nommé Commode,

Qui ſera long-temps à la mode ;
Car nos femmes font leurs trois vœux ;
L'un de n'avoir plus de cheveux,
Contre l'avis d'un grand Apôtre.
Je vous laiſſe à deviner l'autre ;
Cherchez le troiſiéme à tâtons.
Moi, je retourne à mes moutons.
Toutes arrivent, & murmurent,
Entre cuir & chair maintes jurent,
Voïant, mais d'un œil irrité,
Que tout leur habit eſt gâté.
Celle-ci d'un mouchoir eſſuïe
Ses appas détrempez de pluïe,
De peur que ſon teint par rubis
N'aille tomber ſur ſes habits :
Celle-là rudement s'évente
Pour fixer ſa beauté coulante,
Enfin la ſentant prête à choir,
La met auſſi dans ſon mouchoir.
*Liſe*, qui dans un coin ſe range
Pleure quaſi de ſa fontange.
*Iris* perd les ſiennes, & rit,

Faisant concevoir à l'esprit,
En quel argent elle les païe.
Les hommes, que la pluïe égaïe,
En arrivant frappent des pieds,
Hormis quelques estropiés,
Là venus à pas de tortuë.
Alors quel bruit! quelle cohuë!
Et quelle foule! nos filoux
Pourroient y faire de grands coups.
Vous souriez de la peinture;
Mais voïez la chose en nature.
Je veux, si vous n'éclatez pas,
Devenir souris pour les chats,
Moucheron pour les hirondeles,
Amant pour d'avares donzelles,
Livre mal écrit pour les vers,
Plaideur obstiné pour les Clercs,
Pain pour un homme insatiable,
Enfin M*** pour le diable.

# EPILOGUE

PAULET ſoutient que tous mes vers
Sont des chefs-d'œuvres admirables.
Parbleu, que les goûts ſont divers!
RUFIN les trouve abominables.
  Ma foi, l'un & l'autre ont menti.
Lecteur, veux-tu prendre parti
Sur les enfans de nôtre veine?
  Ne les crois tous deux qu'à moitié;
Car l'un donne trop à la haine,
Et l'autre trop à l'amitié.

# EPIGRAMMES.

## EPIGRAMME.

### *Au Lecteur, de l'Epigramme.*

JE mets beaucoup en peu d'eſpace
Dans l'Epigramme que j'écris,
Elle eſt un diamant de prix
Qui veut peu d'or quand on l'enchaſſe.

## *AUTRE.*

### *A un grand Mangeur qui pour prouver qu'il étoit patient, faiſoit des ſermens.*

CRoïez-vous que vous me prouvez
Une patience admirable,
En jurant que vous en avez?
Vous en avez, mais c'eſt à table.

# EPIGRAMME

## *Sur l'origine du mot BASTARD.*

SAis-tu pourquoi l'on dit *BASTARD*,
Un enfant que l'amour engendre,
Sans que l'Hymen y prenne part?
C'eſt que quand ſa Mere à l'écart,
A ſon Confeſſeur va l'apprendre,
Elle le dit & *BAS* & *TARD*.

# *AUTRE.*

## *Sur une fauſſe Devote.*

LA ſage Marthon par an donne
Trois cens livres à ſon valet:
C'eſt trop! faut-il qu'on s'en étonne?
Il eſt beau garçon & muet.

# EPIGRAMME.

## *Sur une vieille qui se croioit encore fort aimable à cause de sa blancheur.*

UN jour en certain entretien,
La vieille Iris, troussant sa manche,
Dit qu'elle avoit la peau fort blanche:
*Vous le voiez*, dit-elle, *bien :*
*Et s'il n'étoit pas malhonnête,*
*Je vous le ferois voir ailleurs ;*
On vous croit, dirent les railleurs,
Blanche même jusqu'à la tête.

## *AUTRE.*

### *Sur un jeune Iuge tres-bon joüeur.*

LE nouveau Magistrat Criton,
L'Est de tout ce vaste Roïaume,
L'un des meilleurs Juges (dit on)
Il est vrai, c'est au jeu de paume.

# EPIGRAMME.

*A Mademoiſelle de la L.... ſur la ſageſſe de Pallas.*

A Pallas la vertu fut chere,
Elle ne fit jamais faux-bond ;
En demandez-vous la raiſon ?
C'eſt qu'elle n'eût jamais de Mere.

# *AUTRE.*

*Sur la tendreſſe des époux d'aujourd'hui.*

ICi les époux ſont fort tendres,
Si le nœud du ſacré lien
Etoit ſemblable au Gordien,
Nous verrions bien des Alexandres.

# EPIGRAMME.

*A un Buveur éternel.*

TU bois sans soif à tout moment,
Je sai que chacun t'en condamne ;
Mais c'est assez injustement,
Tu veux te distinguer de l'asne.

# AUTRE.

*A une jeune fille dont un poupon précoce vint délabrer la reputation.*

PArbleu, pour être fille & mere,
S'il court de vous un mauvais bruit ;
Riez-en toute la premiere ;
Le passant ne jette la pierre,
Qu'à l'arbre qui porte du fruit.

# EPIGRAMME.

*A une Laide enteſtée de mettre des mouches & qui en mettoit trop.*

OUi les mouches dont on ſe ſert,
Cachent les défauts d'un viſage ;
Mais le vôtre en eſt trop couvert :
Une ſuffit pour vôtre uſage.

## *AUTRE.*

*Sur un homme qu'on diſoit être un ſot.*

JEan n'eſt point ſot en verité,
Il eſt homme de probité ;
Car ſa moitié devenant Mere,
Aux fons il fait porter l'enfant,
Et ne s'y trouve point préſent,
Tant il a peur d'être ſauſſaire.

# EPIGRAMME.

## *Sur la comparaison du monde à la mer.*

ON me fait un dépit mortel,
De comparer le monde à l'Element humide ;
La mer est la source du sel,
Et le monde est tout insipide.

# *AUTRE.*

## *Sur un homme qui aprés avoir été dans les armes se fit Medecin.*

LOrsque Damon portoit l'épée,
Il la dégaînoit en tous lieux,
Il en avoit en furieux,
Sans cesse la main occupée,
Il l'ôte enfin de son côté,
Se fait Docteur de Medecine ;
Tant pis ! il veut en sureté,
Garder son humeur assassine.

# EPIGRAMME.

## *Sur un faux Dévot.*

LUc, ce Devot si bien peigné
Dit qu'il faut être seul, pour bien donner l'aumône,
Je ne sai point quand il la donne,
Il est toûjours accompagné.

## *AUTRE.*

### *A Madame de C... qu'un Petit-Maître avoit insultée.*

C'Est improprement, sage Brune,
Qu'on vous nõme femme commune;
Vôtre Epoux étant Courtisan,
Comme on appelle Païsanne,
Toute femme de Païsan,
Il faut vous nommer Courtisanne.

# EPIGRAMME.

## *Au nouvel Epoux d'une jeune personne, qui n'avoit plus que l'exterieur du Fillage quand il l'épousa, & dont la mere étoit Laboureuse.*

PRenant fille de Laboureuse,
Paul, tu croiois bien moissonner ;
Mais, que l'esperance est trompeuse !
Helas ! tu n'as fait que glaner.

# *AUTRE.*

## *Sur un Borgne & une Borgnesse mariez ensemble.*

UN Borgne rempli de tendresse,
Vient d'épouser une Borgnesse.
Chacun en rit à qui mieux mieux ;
Mais quiconque en rit n'est pas sage :
Puisque pour faire bon ménage,
Il ne faut qu'une ame & deux yeux.

# EPIGRAMME.

## *A un Traitant.*

CErtain Commis en Compagnie,
Vous disoit fort homme de bien ;
Eh ! lui dis-je, qui vous le nie ?
On sait qu'il ne lui manque rien.

## *AUTRE.*

### *Sur Mademoiselle M... qui disoit souvent qu'elle avoit le cœur fort tendre.*

PHilis fait partout son possible,
Pour prouver qu'elle est fort sensible ;
Et le prône presque toûjours :
Pour son honneur que ne se retient-elle !
Puisqu'on éprouve tous les jours,
Que, de sensible à sensuelle,
Les chemins se trouvent fort courts.

# EPIGRAMME.

*Sur les cornes qu'on donne à Bachus & aux Maris.*

LEs cornes du Dieu des bons vins
Ont pour fondement ses malices;
Celles que portent nos voisins
Ont pour origine nos vices.

## AUTRE.

*A un jeune homme qui avoit la main fort subtile, & qui remercié de plusieurs filles fut enfin accordé à Mademoiselle de . . . .*

CAtin dans peu t'engagera
Dans la chaîne de l'Hymenée,
Ce n'est, je crois, point encor là,
La chaîne qui t'est destinée.

# EPIGRAMME.

*Sur un jeune homme de peu de genie qui ſe vantoit d'entendre toutes choſes.*

MArtin me diſoit l'autre jour
Qu'il entendoit tout à merveilles.
Il eſt certain qu'il n'eſt pas ſourd,
Et qu'il a de grandes oreilles.

## *AUTRE*

*Sur Monſieur le . . . . qui pour épouſer une fille ſage, en prit une qui ſortoit d'un Couvent.*

BOn a pris femme depuis peu
Sortant d'une grille Roïale,
Il la jugea fort bien-Veſtale;
Il ne peut éteindre ſon feu.

# EPIGRAMME.

*Sur un Intereſſé dans les Fermes du Roi, qui regardoit le monde de côté, depuis qu'il avoit carroſſe.*

SI Paul enrichi promptement
En certaine affaire publique,
Regarde tout obliquement ;
C'eſt que la cauſe en eſt oblique.

## AUTRE.

*Miſe ſur la porte de Monſieur de M... qui, occupé à un ouvrage qu'il devoit bien-tôt mettre au jour, ne me répondit pas.*

JE frappe, & je m'apperçois bien,
Que vous feignez de n'y point être :
Je m'en conſole, & n'en dis rien :
Vous vous cachez pour mieux paraître.

# EPIGRAMME.

*Sur Mademoiselle P . . . qui avoit dit qu'elle prétendoit être idolâtrée d'un Amant.*

NE croïez point qu'Iris folâtre,
Quand elle dit à son Amant
Qu'elle prétend qu'on l'idolâtre :
Elle est Idole assurément.

## AUTRE.

*Sur un Avocat qui surprit sa femme avec un Galant.*

UN Muet vit son pere en danger autrefois;
La crainte lui donna l'usage de la langue :
Yves qui sait si bien nous faire une harangue,
Voïant rire sa femme, est demeuré sans voix.

# EPIGRAMME.

*A un jeune Abbé qui devenu riche Beneficier devint méprisant.*

DEpuis peu revêtu d'un riche Bénéfice,
Tu vois les gens du coin de l'œil :
On peut donc dire avec justice:
Que *L'OR* fait éclore *L'OR*güeil.

## *AUTRE,*

*A Mademoiselle ....*

DE toutes les femmes jolies,
Je n'aime que vous sur ma foi;
Pour vous je fais mille folies,
Eh! faites-en une pour moi.

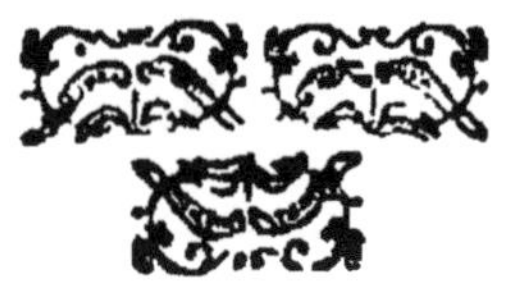

# LA CAVALE.

## *FABLE.*

UN Courier autrefois avoit une Cavale,
Belle, bonne, enfin sans égale;
Loin d'en avoir un soin particulier,
Il la laissoit dans l'indigence;
Par avarice ou negligence,
Ne mettant rien au ratelier.
Un jour que la pauvre indigente,
N'avoit avoine, son, ni foin,
Dont elle avoit pourtant besoin,
Elle vit contre son attente
Certains gros-chardons dans un coin;
Suivit avidement sa faim impatiente,
Et les aïant trouvez d'une bonté charmante:
*Ah!* dit-elle, *je m'apperçoi,*
*Que pourveu que l'on se contente,*

Il

*Il n'importe pas avec quoi.*

. . . .

Epoux, la Fable à vous s'adresse,
A vous, à qui femme en revend,
Etant réduite trop souvent
Au Carême de sa tendresse.

# EPITAPHE.

## *D'une Dame qui pour adultere fut decolée à Geneve.*

CY gît une femme volage ;
Son corps qu'ici l'on a logé,
Cherissoit si fort le partage,
Qu'il en est encor partagé.

# LA GASCONADE.

## *PETIT CONTE.*

UN Medecin, Gaſcon, mais fort habile,
Chez un malade, un jour, volant un gobelet,
Quoi qu'il eût la main fort ſubtile,
Fût apperçû par un valet.
On fit contre lui grand murmure ;
Mais ſans s'étonner de l'injure,
Sans montrer nulle émotion,
Regardant ſon malade, il parla de la ſorte ;
*Voiez ce gobelet*, lui dit-il, *je l'emporte ;*
*Vous buvez trop dedans ſans ma permiſſion.*

# LE PILOTE ET L'AMANT.

## SONNET

*En vers irreguliers.*

UN jeune homme fort amoureux,
Au Pilote paraît semblable ;
L'un & l'autre sont desireux,
D'avoir le destin favorable.

Si l'un craint les monstres affreux,
Les Ecüeils, l'Orage effroïable ;
L'autre craint un rival heureux,
Un Jaloux, une inexorable.

Tous deux dans leur tranquillité,
Redoutent l'instabilité,
Et n'ont point de joïe assurée.

S'ils different c'est en ce point :
On s'embarque en amour contre vent & marée,
Mais ainsi sur la mer on ne s'embarque point.

# ENIGME.

JE suis fait exprés pour les Dames;
Je cause d'assez doux plaisirs,
Pour qui les hommes & les femmes,
Peuvent également concevoir des desirs.

Je suis depuis beaucoup de lustres,
Cependant je n'en plais pas moins;
Je sers à des combats qu'on peut nommer illustres,
Puisque des Rois en sont témoins.

De figure autrement que ronde,
J'ai toûjours passé pour parfait.
Quand on me quitte dans le monde,
L'un est content de moi, l'autre mal satisfait.

*Les Joüeurs, pourront aisément deviner l'Enigme.*

# CHANSON.

L'On n'eſt heureux dans ce monde,
Que quand on eſt ſans chagrin,
L'on n'en a point dans le vin :
En doux plaiſirs il abonde ;
Il ne faut donc pas s'en ſevrer,
Et deuſſions nous nous enyvrer,
Perdons tous la raiſon dans le jus de la treille,
Bien plûtôt que par l'Amour :
Quand on le perd chez lui, c'eſt ſans retour,
Quand on la perd en vuidant la bouteille,
On la retrouve en moins d'un jour.

# EPIGRAMME.

## *A ce Livre.*

RArement en ce ſiecle-ci,
Un enfant reſſemble à ſon pere ;
Ne me reſſemblez point auſſi,
Vous ſeriez trop chez le Libraire.

*FIN.*

# PERMISSION.

PErmis d'imprimer. Fait ce vingt-neuf Aouſt, mil ſept cent.

M. R DE VOIER D'ARGENSON.

www.ingramcontent.com/pod-product-compliance
Ingram Content Group UK Ltd.
Pitfield, Milton Keynes, MK11 3LW, UK
UKHW021128230726
13926UKWH00002B/657